AF393891

Gabrielle C. J. Couillez

Nur Angst kann dich töten

Mystery

Impressum

Bibliografische Information der Deutschen Nationalbibliothek:
Die Deutsche Nationalbibliothek verzeichnet diese Publikation in der Deutschen Nationalbibliografie; detaillierte bibliografische Daten sind im Internet über http://dnb.dnb.de abrufbar.

© 2024 Gabrielle C. J. Couillez, 66978 Leimen

Verlag: BoD · Books on Demand GmbH,
In de Tarpen 42, 22848 Norderstedt, bod@bod.de
Druck: Libri Plureos GmbH, Friedensallee 273,
22763 Hamburg

ISBN: 978-3-7597-5121-8

Angestrengt versucht Laetitia den Sinn der Worte zu begreifen, die zwischen den von einem Vollbart umrahmten Lippen von Herrn Metzger in einem nicht enden wollenden Monolog die dicke Luft im Klassenzimmer verdichten. Ihr Kopf ist wie benebelt und kaum mehr fähig irgendetwas aufzunehmen. Eine Doppelstunde Mathe in der fünften und sechsten und Deutsch und Englisch in den Stunden zuvor sind einfach zu viel an einem Tag. Verstohlen versucht sie auf die digitale Anzeige der Uhrzeit an ihrem Handgelenk zu blicken. Dazu muss sie ihren linken Arm, den sie vor ihrer Brust auf dem Pult mit dem karierten Schreibblock abgelegt hat, etwas weiter vor in die Tischmitte bewegen und den Bund ihres Langarmshirts mit der anderen Hand ein wenig zurückzupfen. Der kleine Bildschirm ihrer Watch, die sie trotz Verbot trägt, wird sichtbar und verrät ihr, dass es nicht mehr lange dauern wird, bis die Schulglocke läutet und das Ende des Unterrichts für heute verkündet. Erleichtert schiebt sie den Ärmel wieder über das Display. Mit Vorsicht hat Laetitia dabei darauf geachtet, ihren Kopf für diesen heimlichen Blick nicht zu bewegen, damit der Mathelehrer nicht bemerkt, dass sie entgegen der Schulordnung diese moderne und mit vielen nützlichen Funktionen ausgestattete Watch trägt. Aber sie nutzt diese auch nicht als Hilfsmittel, um bessere Noten zu erzielen und zu spicken. Sie hat für sich die Einsicht gewonnen, dass dies einem Betrug gleichkäme, der ihr nicht wirklich weiterhilft. Und sie hasst Lügen. Sie selbst möchte auch nicht belogen werden. Es tut ihr immer schrecklich weh, wenn ihre Freundin Paula, die neben ihr sitzt, sie anschwindelt und eine fadenscheinige Ausrede vorschiebt, weil sie am Wochenende nicht mit ihr abhängen will. Anstatt auf ihre Freundschaft zu vertrauen und ihr einfach ehrlich zu sagen, worauf sie gerade keine Lust hat, äußert Paula in letzter Zeit stets die lächerlichsten Gründe. Ihre Lügen sind jedes Mal offensichtlich. Aber Laetitia wagt aus Furcht, die Freundin dann ganz zu verlieren, darauf dennoch nichts zu entgegnen.

Laetitia wirft einen kurzen Seitenblick auf Paula, die genervt eine Haarsträhne um ihren Zeigefinger mit dem bunt lackierten und mit Strasssteinchen besetzten Fingernagel zwirbelt. Es scheint ihr, als ob Paula ihre Gedanken gehört hätte und nun deswegen beleidigt wäre. Schnell sieht sie darum zu Herrn Metzger nach vorne. Der Mathelehrer hat nichts von ihrer gedanklichen Abwesenheit bemerkt.

Er steht mit dem Rücken zur Klasse und zeigt auf die unvollständige Gleichung, die er an die Wand projiziert hat, während er für Laetitia weiterhin leere Worte mit seinem Mund formt. In diesem Moment schrillt die Schulglocke und Laetitia zuckt erschrocken zusammen, obwohl sie dieses erlösende Läuten so sehr herbeigesehnt und doch eigentlich durch den Blick auf ihre Uhr vorausgesehen hatte.

»Uff!«, ächzt Paula neben ihr und lässt ihre Handfläche verächtlich auf den vor ihr liegenden Spiralblock klatschen, bevor sie ihn greift und in ihren Rucksack schiebt.

»Moment!«, ruft Herr Metzger mit fester Stimme in den Saal, in den bereits Bewegung gekommen ist, weil es auch Laetitias Klassenkameraden nicht mehr abwarten können, endlich aus dieser Mühle herauszukommen.

»Hausaufgaben bis morgen Seite 89 Nummer 3 a bis d und Nummer 2 komplett!«

Die Antwort ist Murren und hier und da, wie auch von Laetitia, ein leises Stöhnen.

»Boah, wie soll ich das schaffen! Der Aufsatz in Deutsch und noch für Bio lernen – und dann diese blöden Matheaufgaben, von denen ich überhaupt nicht weiß, wie ich die lösen soll, weil ich das immer noch nicht richtig kapiert habe!«, macht Laetitia ihrem Unmut jetzt Luft und hofft, dass ihre Freundin darauf eingeht und anbietet, ihr das Ganze am Nachmittag nochmals Schritt für Schritt zu erklären. Ungerechterweise, wie Laetitia findet, ist ihre Freundin Paula nämlich mit einer schnellen Auffassungsgabe für alles, was mit Zahlen zu tun hat, gesegnet. Aber Paula tröstet sie nicht. Sie schenkt ihr noch nicht einmal mit ihren braunen Augen ein tröstendes Lächeln, sondern drängt Laetitia nur durch eine barsche Bemerkung zur Eile, weil sie einen Sitzplatz im Bus ergattern will, bevor der restlos überfüllt ist.

»Zumindest lässt sie mich nicht alleine stehen«, denkt Laetitia frustriert und klappt hastig ihr Buch und ihren Block zu. Ihr Stift fliegt mit dem Radiergummi ins Mäppchen. Doch das Lineal steckt sie sorgsam hinein, damit es ihr nicht wieder zerbricht, wie schon so viele zuvor. Sie will sich nicht schon wieder ein neues von ihrem Taschengeld kaufen müssen.

Paula steht schon fertig angezogen und mit geschultertem Rucksack neben der Tür des Klassenzimmers, durch die sich bereits die ersten Mitschüler quasselnd, lauthals lachend und sich zurufend nach draußen drängen. Sie straft Laetitia mit angesäuertem Blick, weil sie noch immer an ihrem Zipper herumzerrt, der sich verklemmt hat. Aber schließlich kann sie den Rucksack nicht einfach offenstehen lassen. Schon gar nicht bei dem ständigen Regen draußen. Sie ist über Paulas Verhalten wirklich enttäuscht. Ihre Freundin hat sich in letzter Zeit sehr verändert und denkt nur noch an sich, findet Laetitia.

»Bist du jetzt endlich fertig«, murrt Paula ungeduldig gerade in dem Moment, als sich Laetitias Reißverschluss endlich surrend verschließt. Sie beeilt sich ja schon und will sich Paula anschließen, die sich eben zum Gehen gewandt hat. Doch nun wird sie durch ein Tippen gegen ihre Schulter aufgehalten.

»Ist die Luft in deinen Reifen noch drin?«, hört sie die Stimme von Max hinter sich.

Sofort breitet sich ein warmer Strom aus der Mitte ihres Bauches in ihrem ganzen Körper aus und steigt Laetitia in den Kopf, wo er sich zu einer unerträglichen Hitze ausweitet, während sie sich zu Max umwendet. Sie kann es nicht verhehlen, dass sie in ihn verliebt ist. Die Aufmerksamkeit, die er ihr gerade in diesem Moment schenkt, kommt gerade recht, um ihre Niedergeschlagenheit zu vertreiben. Max ist ein netter Kerl mit seinen wilden blonden Locken, seinem offenen Lächeln und seiner für ihn typischen khakifarbenen Retro-Parka-Jacke, die ihn noch breitschultriger erscheinen lässt, als er ohnehin schon ist. Seine Augen strahlen in einem unglaublich hellen Blau und blicken sie freundlich an.

»Ich glaub schon«, antwortet Laetitia schüchtern. Ihre Verlegenheit zu überspielen, ist ihr eindeutig misslungen.

Max nutzt dies aber nicht aus, um sich über sie lustig zu machen, wie es jeder andere in ihrer Klasse in diesem Augenblick an seiner Stelle getan hätte. Seine Miene bleibt gelassen und sein Verhalten höflich, wobei er, der sonst immer so lässig ist, inzwischen selbst unsicher wirkt.

»Sag' mir Bescheid, wenn dein Fahrrad wieder mal repariert werden muss«, sagt er, und Laetitia kann sich nur schwer beherrschen, seinem Blick nicht auszuweichen und verschämt die Augen zu senken.

»Klar. – Danke nochmal«, stottert sie und ärgert sich, weil sie spürt, dass ihr Gesicht mittlerweile die Farbe einer Tomate haben muss. Paula tritt jetzt neben sie und lacht sich innerlich bestimmt kaputt über ihre verklemmte Freundin. Sie drängt auch gar nicht mehr zum Gehen, sondern beobachtet die Situation zwischen Laetitia und Max genau mit einem leicht spöttischen Lächeln um ihre Mundwinkel.

»Bist du heute mit dem Fahrrad da?«, versucht Max derweil das Gespräch zwischen ihnen am Laufen zu halten.

»Nein«, entgegnet Laetitia. »Bei dem kalten Wind heute Morgen bin ich lieber mit dem Bus gefahren.«

»Na dann.« Max ist nun auch verlegen. Ob nur wegen ihr oder auch, weil Paula ihnen zuhört, kann Laetitia nicht einordnen. Er hat seine Hände in die Taschen seiner Jeans gesteckt und blickt zur Tür.

»Ich muss dann mal los«, versucht Max locker zu sagen und schenkt ihr noch einmal ein flüchtiges Lächeln. Dann hebt eine Hand zum Gruß, bevor er sie wieder zurück in seine Jeans steckt und verlässt den Schulsaal scheinbar lässig mit seinem schlaksigen Gang.

Paula wirft Laetitia einen missbilligenden Blick zu, worauf Laetitia ihr in unerwartet bestimmendem Ton erwidert:

»Sag jetzt nichts. Spare dir den Kommentar, der dir auf der Zunge liegt! Gehen wir. Ich bin müde, habe Hunger und will nur noch nach Hause!«

Es ist immer wieder wohltuend nach der stickigen, warmen Luft im Schulgebäude den frischen Wind im Gesicht zu spüren, sobald man sich erst einmal durch das volle Treppenhaus nach draußen in den Schulhof gekämpft hat. Zuerst fröstelt es einen zwar etwas, wenn sich die Außentemperatur derart von dem Raumklima in der Schule unterscheidet, wie sie es heute tut. Aber dann ist man froh, dem Affenstall entkommen zu sein. Der Kopf wird augenblicklich klarer und die Müdigkeit schwindet. Allerdings bleibt die Mattigkeit in den Gliedern.

Laetitias Freundin Paula hat es lange nicht so weit zur Schule wie Laetitia. Dennoch fährt sie selbst beim schönsten Wetter mit dem Bus, wenn Laetitia dann lieber ihr Fahrrad nimmt. Dabei muss Laetitia immer noch gut fünfzehn Minuten nach Paulas Elternhaus bergauf und bergab bis zu ihrem Zuhause auf dem Fahrrad strampeln. Selbst mit dem Bus hat sie nach dem Ausstieg an ihrer Haltestelle weitere gute zehn Minuten durch das Dorf eine lange steile Straße hinauf zu laufen. Besonders, wenn sie nach dem Unterricht viel zu k. o. vom Lernen ist.

Der Rucksack auf ihrem Rücken fühlt sich auch heute wieder doppelt so schwer an. Was für eine Plackerei, denkt Laetitia beim Hinabsteigen der Außentreppe des Schulgebäudes. Es wird Zeit, dass wir endlich erwachsen sind und uns nicht mehr mit der Schule stressen müssen. *»Dann beginnt erst der Ernst des Lebens«*, pflegen ihre Eltern dann immer zu sagen, wenn sie sich bei ihnen über ihr Leben beschwert.

»Pah!«, kommentiert Laetitia ihre Gedanken laut. »Und das dann bis in alle Unendlichkeit, weil wir ja schließlich unsterblich sind!«

»Was ist los? Ich habe doch gar nichts über Max gesagt«, beschwert sich Paula, die sich durch Laetitias Ausspruch angegriffen fühlt. »Und was soll diese Bemerkung über unser Leben? Die Ewigkeit muss ja nicht langweilig sein. Ein bisschen Nervenkitzel findet sich schließlich überall!« Paula knufft sie in die Seite und lacht. »Zwischen dir und Max ... da läuft doch was, gib's zu!«

»Pah!«, gibt Laetitia mürrisch zurück. Sie will nicht, dass Paula sich über ihre Gefühle lächerlich macht oder über Max herzieht. »Lass mich jetzt in Ruhe. Ich bin gestresst genug mit den Aussichten auf die Hausaufgaben.«

Paula hält sich zu Laetitias Erstaunen tatsächlich an diese Anweisung. Vielleicht, weil sie selbst ebenfalls vom Unterricht ausgepowert ist und nur noch nach Hause will. Sie überqueren beide mit zwischen die Schultern eingezogenen Köpfen den Schulhof, auf dem sie ungeschützt dem kalten Wind ausgesetzt sind. Die Böen dringen durch alle Stoffritzen und blasen ihnen die Kapuzen vom Kopf, sobald sie sie einmal nicht festhalten.

Schweigend schlurfen sie nebeneinander her. Ob Paula auch zu schlapp ist, um mehr zu reden als nötig erscheint, oder beleidigt, kann Laetitia nicht einschätzen und es ist ihr auch gerade egal.

Die meisten Schüler überholen sie beide. Viele hasten zu den Schulbussen, die sie in die weiter entfernten Stadtteile bringen, und die Straße wimmelt von denen, die mit dem Fahrrad, oder, wie die von der Zehnten, auf dem Mofa oder sogar Roller knatternd die nähere Umgebung der Schule fliehen. Die Busse fahren ebenfalls schon ab.

Es dauert nicht lange und die zwei Freundinnen sind beinahe alleine auf dem Schulgelände. Paula und Laetitia gehören zu den wenigen, die jetzt den letzten Bus nehmen müssen. Und zwar den, mit dem auch die Patienten der nahegelegenen psychiatrischen Klinik in die Stadt fahren. Die meisten dieser Fahrgäste verhalten sich sonderbar oder fallen durch ihr Äußeres auf. Sie haben Tics, starren zusteigende Fahrgäste an, verkriechen sich ängstlich in die Sitze oder quasseln ungehemmt auf einen ein oder führen laute Selbstgespräche. Manche riechen unangenehm, sind ungewöhnlich oder ungepflegt gekleidet und bewegen sich anders. Oft sind ihre Reaktionen unerwartet. Man weiß nie, wo man bei diesen Leuten dran ist. Die Schülerinnen und Schüler, die es in die anderen Busse nicht schaffen, fürchten sich alle vor diesen Fahrgästen und jeder vermeidet es, mit diesem Bus zu fahren.

Laetitia und Paula gehen durch die Toröffnung in der niedrigen Begrenzungsmauer. Auf der Mauer ist ein eiserner Zaun angebracht, der denjenigen, die auf den letzten Bus warten als Sitzplatz dient. Die Bushaltestelle liegt auf der anderen Straßenseite, weshalb die Lehrer es nicht gerne sehen, wenn die Schüler hier herumgammeln. Denn sie wechseln dann gewöhnlich erst kurz vor knapp die Straßenseite und benutzen wegen der Zeitnot letztendlich noch nicht einmal ordnungsgemäß zu ihrer Sicherheit den Ampelübergang.

»Hast du Mathe verstanden?«, fragt Laetitia ihre Freundin, als sie auf dem Gehsteig an der Ampel stehen. Sie kann Paulas Schweigen nicht länger ertragen und fühlt sich deshalb schuldig und dennoch ungerecht durch diese abweisende Haltung der Freundin bestraft.

Aber ihre Sorge wegen der Hausaufgabe belastet Laetitia wirklich, und dass Paula darauf nicht eingeht, empfindet sie als zusätzlich schmerzlich von ihrer Freundin allein gelassen. Den Tränen nahe drückt sie den Knopf zum Umschalten der Fußgängerampel.

»Logo. Ist doch nicht schwer.«

Der versöhnende Ton von Paulas Antwort kommt für Laetitia unerwartet, tröstet sie allerdings nicht, selbst wenn es ein Friedensangebot sein sollte.

Ungeduldig drückt jetzt Paula weitere Male den Knopf an der Fußgängerampel.

»Nicht schwer«, wiederholt Laetitia unwillig, wenn auch fast flüsternd. Sie würde Paula gerne signalisieren, dass sie ihre Freundschaft nicht verlieren will. Dass Paula ihr vergeben soll, wenn *sie* sie verletzt hat. Dass Paula ihr wichtig ist – auch wenn sie ein wenig neidisch auf sie ist, weil es ihr um so vieles leichter fällt, die Zahlenoperationen nachzuvollziehen. Doch Laetitia fühlt sich durch Paulas Kälte außerdem schmerzlich abgewiesen. Und dieser Schmerz überwiegt gerade alles. Deshalb fällt Laetitia es gerade sehr schwer, den ersten Schritt zu tun, um die Situation zwischen ihnen zu klären und die Wogen zu glätten.

Langsam springt die Ampel um. Zuerst auf Orange und Rot für die Autos, die brummend und aus dem Auspuff qualmend ihre Fahrt abbremsen und an der Haltelinie vor der Ampel stoppen. Endlich erlischt das rote Fußgängermännchen und das grüne leuchtet auf. Noch ein paar andere Schüler haben sich inzwischen ebenfalls an der Ampel eingefunden und überqueren gemeinsam mit Laetitia und Paula den Fußgängerübergang. Sie haben alle einen schnelleren Schritt als die beiden, die ihren Gedanken wegen ihres schwelenden Streits nachhängen. Offenkundig ist auch Paula nachdenklich. Keine der beiden Freundinnen hat den Mut, ihre verletzten Gefühle auszusprechen, die durch das Verhalten der anderen entstanden. Keine wagt, sich vor der anderen verletzlich zu zeigen. Jede hofft, dass so zu tun, als ob nichts wäre, am schnellsten und einfachsten die Erinnerung an die unbedachten Worte und die missratenen Situationen aufgrund lieblosen Verhaltens zwischen ihnen auslöschen würde.

Etwas abseits von den übrigen Schülern bleiben Laetitia und Paula an der Straßenecke nahe der Bushaltestelle stehen. Laetitia nimmt ihren ganzen Mut zusammen und fragt Paula jetzt direkt, besonders da sie Paulas Hilfe dringend braucht:

»Kann ich heute Mittag zu dir kommen und mit dir gemeinsam die Hausaufgaben machen?« Ihre Stimme hat dabei einen flehenden

Ton angenommen, über den sich Laetitia jetzt im Nachhinein abgrundtief schämt.

»Ich muss zuerst meine Mutter fragen«, erwidert Paula ihr ziemlich gleichgültig und lässt ihren Blick auf die Straße und auf den an ihnen vorbeifließenden Verkehr geheftet.

Laetitia fühlt sich nun völlig erniedrigt und es beschleicht sie das Gefühl, bei Paula auch in Zukunft nicht mehr willkommen zu sein. Wieder steht das Schweigen zwischen ihnen wie eine hohe Wand. Paula war schon den ganzen Tag so abweisend und kalt zu ihr. Vielleicht will sie sie gar nicht mehr in ihrer Nähe haben. Vielleicht besteht ihre Freundschaft nur noch in Laetitias Fantasie. Aber warum? Was hat sie ihr getan? Welchen Fehler hat sie begangen, dass Paula sie nicht mehr zur Freundin haben möchte? Wenn sie das wüsste, könnte sie es bestimmt ändern.

Laetitia kämpft mit den Tränen. Sie will jetzt nicht auch noch weinen und sich damit noch lächerlicher in Paulas Augen machen, die sie dann herablassend auf sie richten würde. Schnell wischt sie sich die schon triefende Nase heimlich mit einem zerknüllten Papiertaschentuch ab, das sie gerade in ihrer Jackentasche ertastet hat. Gleich müsste der Bus um die Ecke kommen. Vielleicht sollte sie schon zu den anderen Wartenden hinübergehen und sich anstellen, überlegt Laetitia.

Unerwartet verlangsamt eines der an ihnen vorbeifahrenden Autos seine Fahrt und bleibt etwas weiter entfernt von der Bushaltestelle um die Ecke neben dem Bordstein stehen. Laetitia erkennt es als das Fahrzeug ihres Religionslehrers, der mit seiner Familie nahe ihrem Wohngebiet sein Haus hat. Das Auto ist nagelneu und super modern. Schon das Geräusch des laufenden Motors signalisiert, dass es sich bei diesem Auto um etwas völlig anderes handeln muss, als die beiden Mädchen bisher gesehen haben.

Zwar hat Laetitia von diesem Modell schon mehrfach einen Werbeclip gesehen, in dem neben der Bequemlichkeit, Umweltfreundlichkeit und Sicherheit die neuesten technischen Raffinessen angepriesen werden. Aber sie versteht davon nichts und hat sich auch noch nie für derartigen Luxus interessiert. Sie denkt nur bei sich, dass der Lehrer eine Menge Geld haben muss, um sich ein solches Auto leisten zu können. Etwas abfällig urteilt sie, was so ein alter Knacker eigentlich mit einem derartig protzigen Schlitten will.

Die stromlinienförmige, makellos glänzende schwarze Karosserie mit den dunkel getönten Fenstern und der auffallenden farbigen LED-

Beleuchtung macht besonders auf Paula Eindruck, die jetzt ein paar Schritte auf das am Straßenrand stehende Auto zugeht. Laetitia folgt ihr unwillig, mehr um die Freundin von einer Dummheit abzuhalten als aus Neugier. Sie wirft einen Blick auf das Nummernschild, um sicher zu gehen, dass es auch wirklich der Superschlitten ihres Reli-Lehrers ist, wobei ihr der Lehrer auch nicht sympathisch genug ist, als dass sie sich gerne außerhalb der Schule mit ihm abgeben möchte. Er hat etwas Schmieriges in seiner Art zu sprechen und sich zu bewegen und ist zu seinen weiblichen Schülerinnen im Gegensatz zu den Jungs in der Klasse immer außerordentlich freundlich und zuvorkommend. Das ist Laetitia an einem Lehrer einfach to much.

Die dunkel getönte Seitenscheibe an der Beifahrertür fährt leise summend nach unten und gibt den Blick in das Wageninnere frei, als Paula das Fahrzeug erreicht hat. Sie geht daraufhin noch ein paar schnelle Schritte weiter vor, bis sie sich auf gleicher Höhe mit der Beifahrertür befindet. Laetitia folgt ihr noch immer unwillig und wirft einen nervösen Blick zur Bushaltestelle hin, bevor sie ganz um die Ecke biegt und die Haltestelle aus ihrem Sichtfeld rückt. Tatsächlich ist der Bus von weitem schon im gerade gestauten Verkehr zu erkennen und wird gleich da sein. Wenn sie

ihn verpassen, müssen sie laufen, denn dann
kommt erst einmal eine Stunde lang keiner
mehr.

Zögernd schließt sich Laetitia ihrer Freundin an, bleibt aber im Hintergrund. Durch die
geöffnete Seitenscheibe hört sie das Lachen
und die Stimme ihres Reli-Lehrers. Laetitia
tritt näher heran, um nicht unhöflich zu sein,
da ihr Lehrer sie erblickt hat und sie grinsend
mit einer Bewegung seines hochgereckten
spitzen Kinns begrüßt.

»Wollt ihr mitfahren?«, ruft er den Mädchen
in bester Laune durch das halbgeöffnete Beifahrerfenster zu.

»Ja, gerne!«

Paula überrascht Laetitia mit ihrer bedenkenlosen und schnellen Entscheidungsfreudigkeit und Laetitia ist verwirrt und unentschlossen, weil sich irgendetwas in ihr sträubt
und sie warnt. Zaudernd blickt sie zurück zur
Straßenkreuzung vor Bushaltestelle, wo die
letzten Schüler gerade um die Ecke verschwinden, weil sie in den Bus einsteigen. Im
Geiste stellt sie sich die übrigen Insassen vor,
die ihr ebenfalls nicht ganz geheuer sind.

Ihre Gedanken müssen sich in ihrer Miene
widerspiegeln und sie scheint Paula ganz entgeistert anzuschauen, denn ihre Freundin
verteidigt ihren Entschluss gegenüber Laetitia
schnippisch mit der Bemerkung:

»Wir sind zu zweit. Und er ist unser Lehrer. Also wo liegt das Problem?«

Paula öffnet die Tür zum Fond des Wagens. Laetitia hört das Motorengeräusch des anfahrenden Busses und wirft einen letzten Blick nach diesem über ihre Schulter. Nun bleibt ihr ohnehin keine Wahl, wenn sie nicht die knapp fünf Kilometer bis nach Hause laufen möchte. Sie schimpft sich in Gedanken wegen ihrer Bedenken eine dumme Gans, erst recht, als sie das spöttische Grinsen des Lehrers bemerkt, der ihre Gedanken von ihrem Gesicht ablesen konnte und jetzt sogar irgendwie geschmeichelt wirkt. Dies befremdet sie und lässt ihr ungutes, flaues Gefühl in ihrer Magengegend erneut aufkeimen. Es verstärkt ihre Unsicherheit, die sie sich nun jedoch nicht mehr anmerken lassen will und darum mit einem Lächeln überspielt. Außerdem hat Paula sie aufgefordert, mitzukommen. Und diese Erkenntnis macht Laetitia nun trotz ihrer Furcht jetzt sogar glücklich. Denn es ist ein Zeichen, dass die Freundschaft zwischen ihr und Paula doch noch besteht. Ihre Freundin hätte schließlich kein Wort mehr an sie verschwendet, wenn sie nichts mehr mit ihr zu tun haben wollte. Und sie hätte ihr dann bestimmt auch nicht gegönnt, mit ihr in diesem modernen, stylischen Auto nach Hause zu fahren.

Paula setzt ihren Rucksack mit ihren Schulsachen vom Rücken ab und lässt sich inzwischen bester Laune auf dem Rücksitz aus hellem Leder nieder. Sie rutscht bis auf die andere Seite durch und macht Laetitia Platz, die nun ebenfalls einsteigt. Im Wagen riecht es nach dem neuen Leder und dem Rasierwasser des Lehrers. Aus den Lautsprechern tönt leise Orgelmusik von Johann Sebastian Bach. Bevor Laetitia ihren Sicherheitsgurt anlegt, klemmt sie ihre Schultasche zwischen ihre Füße und die Rückenlehne des Beifahrersitzes. Das helle Leder des Sitzpolsters ist kühl und weich. Es knarzt leise bei jeder ihrer Bewegungen.

Paula neben ihr lächelt verträumt vor sich hin und fährt sich, den Blick durch das dunkel getönte Seitenfenster auf die Straße gerichtet, entspannt durch ihre blonden Haare. Laetitia schaut zwischen den beiden Vordersitzen hindurch auf das Armaturenbrett des Wagens, auf dem neben zwei Bildschirmen zahllose Anzeigen und Messgeräte arbeiten und blinken. Zu Vieles ist hier völlig anders als bei den bisher gängigen Automodellen, die sie schon gesehen hat. Bei den hier unbekannten Anzeigetafeln mit Lichtern und Zeigern ist es ihr jedoch unmöglich herauszufinden, was genau ihr ein unangenehmes Gefühl

anstelle von beruhigender Sicherheit verur-
sacht. Sie schiebt ihre Furcht auf die sie über-
wältigende Technik, um nicht entgegen ihrer
Logik ihrem Lehrer üble Absichten zu unter-
stellen.

Ihr Reli-Lehrer hat ihren interessierten Blick auf das Armaturenbrett bemerkt. Nachdem er sich wieder in den Verkehr eingefädelt hat, beobachtet er Laetitia über den Rückspiegel und meint dann stolz über seinen Wagen:

»Ich habe ihn neu. Er ist etwas ganz Besonderes.«

Durch seine dicken, runden Brillengläser erscheinen seine Augen kleiner, als sie in Wirklichkeit sind. Er lächelt verschmitzt. Aber seine Freundlichkeit hat für Laetitia etwas Falsches und Verwegenes. Sie nickt als Antwort nur, weil sie ohnehin von Technik nichts versteht und jede Nachfrage sie darum nicht schlauer machen und auch nicht weiter beruhigen würde. Paula hat sich hingegen völlig entspannt in den Rücksitz geschmiegt und beobachtet das Geschehen draußen auf der Straße, ohne sich weiter um die von ihrer Freundin vor dem Einsteigen gezeigten Bedenken zu kümmern.

Laetitia sieht zu ihr hinüber, und da Paula sie nicht beachtet, lehnt sie sich ebenso zurück in den weich gepolsterten Ledersitz und blickt durch das andere Seitenfenster. Der Fahrstil des Lehrers ist ihr unangenehm, weil er viel zu hastig und ruckartig die Kurven nimmt und ihrer Meinung nach auch viel zu schnell fährt. Eine weitere Sorge keimt in ihr darum auf, weil ihr beim Autofahren leicht schlecht wird und sie spürt bereits die Übelkeit aus ihrem Magen aufsteigen. Das würde ihr jetzt gerade noch fehlen, wenn sie sich hier übergeben müsste und ihrem Lehrer seine schönen hellen Ledersitze ruinierte! Also versucht sie nicht mehr an den ihr unangenehmen, angeberischen Lehrer und seinen schlechten Fahrstil zu denken.

Es gelingt Laetitia das Bild von Max vor ihrem inneren Auge aufsteigen zu lassen. Max, der sie mit seinen wasserblauen Augen anlächelt und seine wilde, tief in die Stirn fallende Lockenmähne mit einer Bewegung seines Kopfes zur Seite schüttelt. Doch bei der nächsten Kurve, die der Lehrer mit seinem Auto nimmt, löst sich das Bild von Max in ihren Gedanken auf und die Übelkeit macht sich erneut bemerkbar. Laetitia beugt sich zu Paula hin, um ihren Blick an den Kopfstützen der beiden Vordersitze vorbei durch die getönte Windschutzscheibe auf die Straße heften zu können. Aus Erfahrung weiß sie, dass es ihr gegen die Übelkeit hilft, wenn sie den Weg des Fahrzeugs voraussieht und mit ihren Augen verfolgt. Die Bildschirme am Armaturenbrett, die ebenfalls den Außenbereich um das Auto herum aufzeigen, könnten sie dabei unterstützen, hofft sie. Tatsächlich geht es ihr auch schnell ein wenig besser. Aber die Straßen ihres Ortes scheinen unzählige Ecken und Kanten zu haben, die ihrem Magen beim harten Bremsen des Lehrers zusetzen. Wenn das Fahrzeug dann endlich vor einer roten Ampel oder einem Stoppschild steht, währt die Entspannung nur kurz, da der Lehrer auch kein sanftes Anfahren kennt, sondern mit ordentlich viel Gas seine Reifen quietschen lässt. Laetitia kann ihn von der Seite her dabei grinsen sehen, weil er es genießt, die Fußgänger damit zu erschrecken und alle Aufmerksamkeit auf sein extravagantes Fahrzeug und ihn als Besitzer zu lenken.

Gestresst blickt Laetitia zu ihrer Freundin hinüber, die die ganze Zeit über völlig gelassen aus ihrem Seitenfenster schaut, sich dabei durch ihre langen Haare fährt und lächelnd Selfies mit ihrem Phone macht. Die Fahrweise ihres Lehrers scheint Paula nicht im Geringsten zu beunruhigen, was Laetitia völlig verwirrt und nicht verstehen kann. Dabei ist Paula im Unterricht gerade bei diesem Lehrer eher zurückhaltend und abweisend, weil sie ihn – wie sie Laetitia gegenüber oft betont hat – für eigenartig und nicht vertrauenswürdig hält. Besonders deshalb ist es Laetitia unerklärlich, weshalb Paula derart bereitwillig zu

ihm ins Auto gestiegen ist und sie förmlich ge-
nötigt hat, mitzukommen und nicht zu knei-
fen.

Allmählich nähern sie sich Paulas Elternhaus neben der alten Kirche. Laetitia kann die Spitze des Zwiebelturms aus dem Häusermeer aufragen sehen. Die sonore Glocke der Kirchturmuhr schlägt dreimal für Viertel vor Zwei. Natürlich sind sie vor dem Bus zuhause, was ihnen mehr Zeit am Nachmittag für Hausaufgaben und Relaxen bringt. Und gerade Laetitia sollte sich darüber freuen, da sie die Matheaufgabe doch noch ausgiebig studieren muss, um sie zu lösen.

Ihr Reli-Lehrer biegt mit einer scharfen Kurve und quietschenden Reifen in Paulas Straße ein und hält an der Bordsteinkante vor ihrem Haus mit dem hohen Holztor zum Hofeingang. Paula öffnet den Verschluss ihres Sitzgurtes und nach einem Blick auf den Gegenverkehr die Autotür zu ihrer Seite. Mit einer Hand greift sie nach ihrer Schultasche und mit der anderen stützt sie sich zum Aussteigen am Fahrzeugrahmen ab, ohne sich nach Laetitia umzublicken.

»Rufst du mich an, wenn deine Mutter zugestimmt hat, dass ich heute Nachmittag zu euch komme?«, richtet Laetitia fast flehentlich das Wort an ihre Freundin, um sich bei ihr in Erinnerung zu bringen.

Laetitia entgeht es nicht, dass Paula kurz geringschätzig den Mund verzieht und fühlt sich erneut wie ein Störenfried. Mit einem sonderbaren Lächeln antwortet ihr Paula schließlich knapp:

»Das wird nicht nötig sein.«

Sie verabschiedet sich überschwänglich dankend bei ihrem Lehrer, der sich in seinem Sitz ebenso lachend zu ihr umgewendet hat und lange ihre Hand zum Schütteln festhält. Gerade als die über die Antwort verdatterte Laetitia nochmals ihre Freundin fragen will, wie sie ihre Worte zu verstehen habe – ob sie einfach so bei ihr vorbeikommen solle oder gar nicht mehr willkommen sei –, schlägt Paula die Fahrzeugtür zu. Paula wendet sich von der Straße ab und wirft mit einer Handbewegung ihr langes Haar zurück, das leicht im Wind weht. Dann geht sie mit wiegenden Hüften auf ihr Hoftor zu, ohne sich nochmals nach Laetitia umzudrehen.

Laetitia ist jetzt alleine mit ihrem Lehrer und fühlt sich ihm regelrecht ausgeliefert. Besonders da er wohl glaubt, ein begabter Rennfahrer zu sein. Der legt den Gang ein und tritt auch gleich wieder derart heftig aufs Gas, dass Laetitia von der Schwerkraft in den Sitz gedrückt wird. Ihr ist jetzt merklich bang ums Herz, denn keiner scheint sie zu beachten und sich für sie zu interessieren. Auch der Lehrer hat keine höfliche Rückfrage an sie gestellt, ob mit ihr alles in Ordnung wäre. Ob sie vielleicht auch lieber hätte aussteigen wollen oder irgendeinen noch so gewöhnlichen Gemeinplatz! Ihr geht immer noch der ihr unverständliche Satz ihrer Freundin im Kopf herum: *Das wird nicht nötig sein!* – Was hat Paula damit nur gemeint? Irgendwie hinterlassen diese Worte bei ihr ein äußerst ungutes Gefühl, doch sie kommt nicht dahinter, was die Bedeutung sein könnte. Und je länger sie darüber nachdenkt, desto mehr steigt eine nicht greifbare Furcht in ihr auf.

Laetitia rutscht auf dem Rücksitz etwas mehr in die Mitte, um wenigstens die Fahrtrichtung des Lehrers zu beobachten. Ihr Blick bleibt an dem Messgerät auf dem Armaturenbrett hängen, dessen Design ihr völlig fremd ist. Es muss dieses Instrument sein, das sie noch in keinem Auto jemals gesehen hat, wie sie in diesem Augenblick feststellt. Laetitia versucht sich trotz der sie ängstigenden Fahrweise ihres Lehrers mit sachlichem Betrachten dieses tachoähnlichen Instruments abzulenken und gleichzeitig hinter seinen Nutzen zu kommen. Anfangs glaubt sie, die Anzeige hätte etwas mit der Geschwindigkeit des Fahrzeugs zu tun, da der Zeiger auf dem kreisrunden, mit einer Farbskala versehenen Messblatt an das Tempo des Autos angepasst zuckend an- und bisweilen sogar etwas absteigt. Dreiviertel der Skala sind im Radius von Dunkelgrün nach Hellgrün verlaufend unterlegt. Erst ganz gegen Ende der Anzeige wechselt die Farbe dieses grüngezeichneten Dreiviertelkreises in warnendes Rot über. Im Moment beginnt der Zeiger jedoch trotz des gleichbleibend schnellen Tempos des Fahrzeugs wieder zu sinken, und Laetitia ahnt, dass die Anzeige nichts mit dem Tempo oder der Drehzahl des Motors zu tun haben kann. Aber auch nicht mit der Temperatur der Kühlflüssigkeit oder des Öls, der Kraft und dem Verbrauch der Batterie, dem Raumklima im Fahrzeug oder Nutzung irgendwelcher Zusatzfunktionen der luxuriösen Ausstattung dieses Autos.

Laetitia sieht den beobachtenden Blick ihres Lehrers im Rückspiegel. Seine hinter den dicken Brillengläsern kleinen Augen sind zusammengekniffen, als ob er etwas im Schilde führen würde. Einen seiner Mundwinkel hat er spöttisch hochgezogen, bevor er seiner Schülerin zu erklären beginnt:

»Das ist ein Messgerät, das die Zunahme der Angst meiner Mitfahrer misst. Wenn der Zeiger hier das grüne Feld verlässt ...«, er deutet mit dem Finger seiner Rechten, die er vom Lenkrad genommen hat, auf die Mitte der Farbskala, wo der Farbverlauf von hellgrün in ein gelbliches Grün wechselt, »...überschreiten meine Fahrzeuginsassen die für sie noch erträgliche Schwelle der Angst. Und wenn der Zeiger das rote Feld erreicht hat, dauert es nur noch zehn Sekunden bis sie tot sind. Du weißt doch, dass wir alle unsterblich sind, außer wenn wir vor etwas Angst haben«, meint er wieder ganz wie im Schulunterricht.

Laetitia nickt nur, da der Lehrer sie über den Rückspiegel prüfend beobachtet. Ihr stockt der Atem. Ihre Stimme ist belegt, als sie schließlich bejaht. Der Lehrer grinst, dass sie das Weiß seiner Zähne blitzen sehen kann, und tritt erneut auf das Gaspedal.

Wieso grinst er, fragt sich Laetitia verängstigt. Hat Paula das gemeint, als sie sagte: Es wird nicht nötig sein? Will er mich töten? Wusste Paula, dass ich hier in den Tod getrieben werden soll? Wollte sie das?

Laetitias Gedanken überschlagen sich hinter ihrer Stirn. Sie ist wütend auf Paula. Wütend auf ihren Lehrer, der sie offensichtlich gerade als Versuchskaninchen missbraucht, um die Messfunktionen in seinem Auto zu testen. Aber noch viel mehr fürchtet sie sich. Was, wenn sie die Beherrschung über ihre ängstlichen Gedanken verliert?

Die Geschwindigkeit des Autos wird für Laetitia unerträglich und es ist ihr ein Rätsel, wie man bei diesem Tempo noch die Kontrolle über sein Fahrzeug behalten kann. Hinzu kommt die Furcht, wenn sie darüber nachdenkt, was ihr Lehrer ihr möglicherweise antun wird. Ihre Übelkeit lässt sich nun nicht mehr im Zaum halten. Sie krampft ihre Hände zu Fäusten zusammen und starrt auf den Zeiger dieses vermaledeiten Instruments, der indessen langsam vibrierend, aber unaufhörlich steigt. Sie möchte den Blick vom Armaturenbrett losreißen, um nicht mit ansehen zu müssen, wie ihre Angst anwächst und sich folglich noch mehr fürchten. Aber sie schafft es nicht. Ihre Augen sind wie gebannt auf die Anzeige geheftet. Auf ihrer Stirn und in ihren Achseln bildet sich Schweiß. Ihre Nackenhaare würden zu Berge stehen, wenn sie sie nicht mit ihrem langen Haar zu einem Pferdeschwanz zusammengebunden hätte.

Als immer rasanter empfindet sie die Fahrweise des Lehrers. Immer stetiger steigt der Zeiger dem Ende des grünen Bereichs zu. Und ihr Lehrer beginnt hinter seinem Lenkrad laut zu lachen. Ein hässliches, grausames Lachen. Ein Lachen, wie man es dem Satan persönlich zuschreiben würde!

Laetitia schämt sich wegen ihrer Angst, die sie nicht in den Griff bekommt. Logisch kühles oder scherzhaftes Denken über diese Situation, das dafür nötig wäre, gelingt ihr trotz allen Bemühens nicht. Die Nägel ihrer Finger graben sich schmerzhaft in das Innere ihrer Handflächen, die schweißnass sind. Sie würgt und schluckt den bitteren Satz des Sodbrennens in ihrem Mund hinunter. Dabei schweift ihr Blick immer wieder entgegen ihres Willens zu der Anzeigetafel des Messinstruments hin. – Und der Zeiger steigt allmählich unaufhaltsam weiter und nähert sich dem Übergang in den roten Bereich, während ihr Lehrer immer lauter und gehässiger lacht.

Sie fühlt sich hilflos der respektlosen Behandlung und Demütigung ausgesetzt, da der Lehrer keine Rücksicht auf ihre Angst nimmt, die er doch von seinem Messinstrument ablesen kann. Das Heulen des Motors dröhnt ihn ihren Ohren. Die rasante Fahrt lässt die Reifen und den Boden unter ihren Füßen vibrieren. Vor Angst, was mit ihr geschehen könnte, erschauert sie bis in die letzte Zelle ihres Körpers. Ihr Atem stockt und sie beginnt jetzt japsend nach Luft zu schnappen, denn ihr Hals ist plötzlich wie zugeschnürt. Und noch immer bleiben ihre Augen wie gebannt auf den Zeiger gerichtet, der jetzt den grünen Bereich verlässt! Da spürt sie, wie sich ihre Brust stechend zusammenzieht. Unfähig noch irgendeinen Laut von sich zu geben, starrt sie auf ihren Religionslehrer, der ihr seine schadenfreudige Fratze zuwendet und skandiert:

»Du weißt doch: Wir sind unsterblich! Nichts kann uns ein Leid zufügen. Keine Gewalt, kein Unfall, keine Verletzung, keine Krankheit, auch nicht das Alter. Wir sind perfekt erschaffen. Unzerstörbar. Nur die Angst kann dich töten!«

Sie will ihn anbrüllen: Halten Sie an! Halten Sie sofort das Auto an! Sie sind schuld an meiner Angst! Sie töten mich! Sie sind rücksichtslos! Aber sie bekommt keinen Ton heraus. Nur ein Röcheln, während sie versucht den Kragen ihres Hoodys zu zerreißen und ihren Hals zu befreien, um endlich Luft zu bekommen.

Inzwischen erreicht der Zeiger das Ende der Skala und schlägt im roten Bereich an einem Metallstäbchen an, das ihn am Weiterdrehen hindert. Eine scheppernde, rasselnde Glocke ertönt wie von ferne und signalisiert Laetitia den Eintritt in ihre Sterbephase. Ihr Herz, das bis vor ein paar Sekunden wie wild in ihrer Brust gepocht hat, wird ruhig und bleibt schließlich stehen. Alles wird langsam. Der Krampf in ihrer Brust löst sich. Der Blutkreislauf steht still. Die Bilder vor ihren Augen – das Gesicht ihres Lehrers und der Innenraum des Autos – verschwimmen und das Licht erlischt in einem undurchdringlichen Dunkel.

Laetitia atmet in einem endlos langen Zug aus. Um sie ist nur noch Schweigen, Leere, Dunkelheit, Gefühllosigkeit, Nichts …

Sie spürt ihren Körper nicht mehr und sie überlegt, was sie nun tun soll. Jetzt, da sie tot ist. Soll sie irgendwo hingehen? Wie soll sie sich überhaupt fortbewegen aus dem Vakuum, aus dieser grenzenlosen Endlosigkeit, aus dem Nichts, in dem sie sich befindet? Wird es bis in alle Ewigkeit so bleiben? Wird sie in dieses Nichts eingehen, sich darin auflösen und nicht mehr sein? Nichts mehr erleben?

Entgegen allen Aussagen, die über das Sterben kursieren, ist niemand da, der ihre Fragen beantworten kann. Keiner, der sie beschützt und begleitet. Sie fühlt sich so allein! So verlassen. Hat man sie hier vergessen? Hat man gar nicht bemerkt, dass sie hier ist, in diesem Reich der Toten?

Laetitia beschließt sich bemerkbar zu machen. Sie will hier nicht vergessen werden! Sie versucht ihren Mund zu öffnen und zu rufen. Aber sie kann keinen Laut von sich geben. Hat sie überhaupt noch einen Mund? Sie hat doch keinen Körper mehr, denn der ist doch gestorben. Sie kann sich schließlich auch nicht fühlen. Sie ist nur noch ihre Seele, ein Geist. Mein Gott, sie ist ein Geist! Aber sie existiert doch noch! Warum ist hier sonst niemand! Es muss doch noch andere geben, die gestorben sind.

Wenn auch nicht viele, denn man kann ja nur an der Angst sterben. Vielleicht ist nur sie so ein Angsthase gewesen.

Was soll sie nur tun? Allmählich macht sich Verzweiflung in ihr breit. Und die wächst sich ganz schnell zu einer Panik aus, denn sie ist hier völlig allein und sie weiß nicht, was sie jetzt tun soll! Es ist totenstill. Kein Laut ist ringsum zu hören. Keine Menschenseele. Sie ist so unbeschreiblich einsam! Ihre Angst steigert sich derart, dass ihr das Herz bis zum Hals schlägt. Laetitia kann die Vibration ihres Herzschlags spüren und das Klopfen in ihrem Ohr hören.

»Habe ich noch ein Herz?«, überlegt sie aufgeregt.

Da hört sie plötzlich noch ein Geräusch. Ganz leise und zart. Ein melodisches Zwitschern. Ein kleiner Vogel, der in dieser Dunkelheit mutig sein Lied singt und das Schweigen durchbricht.

»Kann es sein? Gibt es hier Vögel?«, überlegt Laetitia und versucht im Dunkel etwas zu erkennen. Besonders diese Dunkelheit macht ihr Angst. Dennoch wagt sie es, sich etwas zu bewegen. Nur ein bisschen, denn sie weiß ja nicht, was sich um sie herum befindet. Vielleicht stürzt sie in eine endlose Tiefe, wenn sie sich rührt. Doch da kann sie Stoff fühlen, auf dem sie liegt. Und ein Kissen! Sie nimmt das

Vogelgezwitscher jetzt lauter wahr und ihre Augen müssen sich an die Dunkelheit gewöhnt haben, denn sie sieht ganz schwach Konturen in der Finsternis. Schließlich erkennt sie die Umrisse der Möbel in ihrem Zimmer. Ihren Schreibtisch. Den Bürostuhl davor. Ihr Regal. Ihre Bettdecke. Das Fenster, das durch feinste Ritzen im vollständig geschlossenen Rollladen etwas Licht vom draußen anbrechenden Morgen erahnen lässt.

Erleichtert wird ihr bewusst:

»Es war nur ein Traum!«